A QUI
LA FAUTE

PARIS

AMYOT, LIBRAIRE-ÉDITEUR

8, RUE DE LA PAIX, 8

—

1872

A QUI LA FAUTE

I

APRÈS SADOWA (1866)

Le Moniteur officiel :

« L'Empereur, avec un empressement qu'on taxe
e fâcheuse précipitation, réunit une grande com-
nission militaire et lui demande de résoudre ce
roblème : Constituer, avec le moins de dépense
ossible, une force de douze cent mille hommes,
ont deux tiers d'armée active et un tiers d'armée
e réserve. » . . . .

. . . .

« Ce projet donne à la France 1,200,000 soldats

exercés et n'augmente que faiblement les charges du budget. — Il discipline la nation entière, en l'organisant, bien plus dans une défense que dans une pensée d'agression. Il relève l'esprit militaire sans nuire aux vocations libérales. Il conserve enfin ce grand principe d'égalité que tous doivent le service en temps de guerre, et n'abandonne plus à une seule partie du peuple le devoir sacré de la patrie. »

M. Magnin, *député de l'opposition.*

« Messieurs, dit M. Magnin à ses collègues, le 12 décembre 1866, le *Moniteur* annonça à la France qu'une nouvelle organisation militaire allait lui être présentée. Cette organisation militaire, dans ses points principaux, contenait ceci : On devait appeler tous les ans sur la classe qui est approximativement de 326,000 hommes, 160,000 hommes, c'est-à-dire la totalité du contingent. Cette totalité de contingent se divise ainsi : Armée active comprenant 80,000 hommes; réserve comprenant 80,000 hommes qu'on divisait en deux bans. L'une et l'autre de ces classes devaient donner six ans de services sous les drapeaux. On créait ainsi une garde nationale mobile dont la durée était de trois

ans. Au moyen de cette combinaison, on obtenait
1,232,000 soldats. » .   .   .   .

.   .   .   .

.   .   .   .

« Vous savez quelle explosion de cris s'éleva
dans toute la France à l'annonce de ce projet de
loi. Personne ne pouvait et ne voulait l'accepter. »

« Il fut soumis au conseil d'État, qui l'examina à
la séance du 7 mars; on nous apporta le projet de
loi précédé d'un exposé de motif qui *modifiait le
projet de la haute commission dans ce qu'il avait
d'exorbitant*. En effet, ce nouveau projet faisait une
coupure dans le service. On prenait encore
160,000 hommes ; dans l'armée active on servait
cinq ans, puis quatre ans dans la réserve. Ceux
qui ne faisaient pas partie de l'armée active ser-
vaient quatre ans dans la garde mobile.   .   .   .
Ici, Messieurs, il y eut encore *une opposition très-
vive, très-ardente* au projet de loi, opposition à
laquelle votre commission s'est associée dans une
certaine mesure, ce dont je suis heureux de la fé-
liciter .   .   .   .

.   .   .   .

.   .   .   .

L'opinion publique n'a pas été plus favorable à
ce projet qu'à ceux qui avaient été précédemment

écartés, et l'Empereur est venu annoncer, à l'ouverture de la présente session, que des modifications seraient apportées au projet de loi à l'état de rapport. *Il ne s'agissait plus de militariser la nation,* mais de modifier quelques dispositions de la loi de 1832. » . . . .

. . . .

M. Jules Simon, *député de l'opposition.*

« Messieurs, le but principal du projet présenté l'année précédente était de demander une force armée de 1,200,000 hommes. . . . . Après les transformations considérables, dues à l'opinion publique, au zèle des membres de la commission, à des concessions faites par le Gouvernement, on en est venu au projet actuel. Mais, on le voit bien, vous voulez toujours une armée de 80,000 hommes, et pour y arriver, vous créez la garde mobile. La loi qui fait cela, ce n'est pas seulement une dure loi : *C'est une loi impitoyable* qui ne pèse pas exclusivement sur les appelés, mais sur la population tout entière. Car, loger les gardes mobiles chez l'habitant, comme vous le proposez, *c'est ajouter un nouvel impôt à tous ceux qui nous écrasent.*

Enfin, les conséquences politiques du nouveau système seront plus désastreuses encore que ses conséquences matérielles, et la loi qu'on propose est surtout mauvaise, parce qu'elle constituera *une aggravation de la toute puissance de l'Empereur.*

. . . . . . Ce qui importe, ce n'est pas le nombre des soldats, c'est la cause qu'ils ont à défendre. *Si les Autrichiens ont été battus à Sadowa, c'est qu'ils ne tenaient pas à vaincre pour la maison de Habsbourg* contre la patrie allemande. Oui, Messieurs, il n'y a qu'une cause qui rende une armée invincible, c'est la liberté. »

Le Maréchal Niel, *alors ministre de la guerre.*

« Messieurs, s'écrie l'honorable ministre de la guerre, on vous parle de *levées en masse!* La vraie levée en masse sérieuse, *pratique,* c'est le système prussien. Quant à la levée d'hommes sans éducation militaire, c'est *un monstrueux préjugé!* Appeler de gros contingents en cas de guerre est une autre illusion! — Avec la rapidité qu'ont acquise aujourd'hui les opérations militaires, avant que les gros contingents fussent prêts à entrer en campagne, *la guerre serait déjà finie...* Vous dites que pour combattre les masses (organisées) de l'ennemi, les *volontaires afflueraient ?...* Hélas! *ce sont des tableaux poétiques*..... Moi, je demande.... du positif..... J'attache une grande importance à ce que la garde mobile soit exercée au tir à la cible ou au tir du canon. *Mais il se présente une grande difficulté.* La commission ne veut pas admettre *un déplacement de plus de douze heures.* Mais où trouver les emplacements nécessaires? C'est en vue de ces difficultés que la faculté de réunir la garde mobile, pendant huit jours, avait été demandée par le Gouvernement. Ces raisons, je les ai exposées à la commission, mais je n'ai pu la convaincre. . . . .

. . . .

« Ce qu'on me demande est impossible... J'ai expliqué tout à l'heure, que pour équilibrer mon budget, *il me faudrait déjà envoyer en congé quatre-vingts ou quatre-vingt-dix mille* hommes. Eh bien! Messieurs, en renvoyer sept mille cinq cents de plus dans les mêmes conditions, c'est impossible... Je suppose que j'accepte l'amendement et *que l'armée se trouve compromise,* qu'il soit démontré que la mesure prise compromet la solidité de l'armée et que vous faites échouer tout mon système.

. . . .

« Messieurs, je viens combattre l'amendement de la commission, je ne dois pas vous dissimuler que je n'ai pas grand espoir de réussir. Je ne pourrai pas soutenir longtemps le rôle qui consisterait à venir à vous dire à chaque instant : ce que vous faites pour l'armée est insuffisant. Comment pouvez-vous vouloir que l'on me refuse à chaque instant les choses que je regarde comme nécessaires. »

. . . .

. . . .

M. Jules Favre, *député de l'opposition*.

« Messieurs, les hommes *spéciaux* sont de mauvais juges, car ils sacrifient tout à un point de vue spécial, et ils oublient trop par quelle force supérieure la France serait défendue, si jamais elle était au moment du danger. » . . . .

. . . .

M. Pelletan, *député de l'opposition*.

« Messieurs, je comprendrais les pompiers armés pour le cas d'une invasion. Mais une invasion est-elle possible? On s'indignerait, si je formulais une prévision semblable, et on aurait raison. »

 . . . .

M. Thiers, *député.*

« Messieurs, il y a une chose qu'on oublie, on di_rait qu'il n'y a que la garde nationale pour défendre le pays, et que *la garde notionale mobile n'étant pas constituée, la France est découverte!* Je vous le demande, à quoi nous servirait donc *cette admirable armée active,* qui nous coûte quatre à cinq cents millions par an? *Vous supposez donc* qu'elle sera battue dès le premier choc, et que la France sera immédiatement découverte? *On vous présentait l'autre jour des chiffres de* 1,200, *de* 1,300, *de* 1,500,000 *hommes comme étant ceux que les différentes puissances peuvent mettre sous les armes.* Je ne dis pas que ce soit sur ces chiffres qu'on ait fondé votre vote, mais enfin ils vous ont fait éprouver, quand on les a cités, une impression fort vive. *Eh bien! ces chiffres-là sont parfaitement chimériques..... La Prusse, selon M. le minisre d'État, nous présenterait* 1,300,000 *hommes. Mais, je le demande, ou a-t-on vu ces forces formidables? La Prusse, combien d'hommes*

a-t-elle portés en Bohème, en 1866? 300,000 environ...
C'est que, Messieurs, il ne faut pas se fier à cette
FANTASMAGORIE DE CHIFFRES..... *Ce sont là des fables
qui n'ont jamais eu aucune espèce de réalité.* (Appro-
bation autour de l'orateur.) Donc, qu'on se rassure,
notre armée suffira pour arrêter l'ennemi. Derrière
elle, le pays aura le temps de respirer et d'organiser TRANQUILLEMENT SES RÉSERVES. *Est-ce que vous
n'aurez pas toujours deux ou trois mois, c'est-à-dire*
PLUS QU'IL NE VOUS FAUDRA pour organiser la garde
nationale mobile et utiliser ainsi le zèle des popu-
lations ! D'ailleurs, les volontaires afflueront, vous
vous défiez beaucoup trop de votre pays. » . .

. . . .

II

AFFAIRE HOHENZOLLERN AVANT ET APRÈS LA DÉCLARATION DE GUERRE

M. Thiers député. . . . .
. . . .
« Vous avez la paix, mais savez-vous à qui vous devez la paix ? Je vais vous le dire. La chose est évidente pour tous ceux qui connaissent l'état de l'Europe, savez-vous pourquoi la paix a été maintenue ? *C'est parce que vous êtes forts.* (Oui ! oui ! très-bien.) Soyez convaincu, Messieurs, que ce qui maintien la paix, c'est *la bonne opinion qu'on a du bon état de l'armée française;* si donc vous voulez la paix, croyez-moi, je connais assez l'état de l'Europe pour l'affirmer, restez forts. »

(*Discours du* 30 juin 1870).

JOURNAUX :

Le Temps. — « *Si un prince prussien était placé sur le trône d'Espagne,* ce n'est pas jusqu'à Henri IV seulement, c'est jusqu'à François Ier que *nous nous trouverions ramenés en arrière.* »

Le Siècle. — « *La France enlacée sur toutes ses frontières par la Prusse* ou par les nations soumises à son influence, se trouverait réduite à un isolement pareil à celui qui motiva les longues luttes de notre monarchie contre la maison d'Autriche. La situation serait à beaucoup d'égards *plus grave qu'au lendemain des traités de 1815.* »

Le Rappel. « Les Hohenzollern en sont venus à ce point d'audace. . . . . qu'il ne leur suffit plus d'avoir conquit l'Allemagne, ils aspirent à dominer l'Europe. *Ce sera pour notre époque une éternelle humiliation que ce projet ait été, nous ne dirons par entrepris, mais seulement conçu.* « F. Victor Hugo. »

Le Soir. — « Quoi ! on permettrait à la Prusse d'installer un proconsul sur notre frontière d'Espagne ! Mais nous sommes 38 *millions de prisonniers* si la nouvelle n'est pas fausse. Il faut absolument qu'elle soit fausse. Elle le sera si l'on veut, *mais le Gouvernement est-il encore capable de vouloir?* — About. »

Le Gaulois. — « Nous espérions que le Gouvernement français ne pourrait, *sans trahison* vis à vis de la France, *supporter un jour de plus* les agissements prussiens. On pourrait pardonner au cabinet d'avoir manqué à ses promesses, ravivé nos colères, *on ne lui pardonnerait pas de n'avoir pas su être français.* »

M. Ollivier, *alors ministre de la justice.*

« Je supplie la Chambre et la nation de croire *qu'elles n'assistent pas aux préparatifs déguisés* d'une action vers laquelle *nous marchons par des chemins couverts*. Nous disons notre pensée toute entière : *nous ne voulons pas la guerre*; nous ne sommes préoccupés que de notre dignité... Si nous croyons un jour la guerre inévitable, nous l'engagerons *qu'après avoir demandé et obtenu votre concours.* »

Le Gaulois. « Pour la première fois depuis le 23 février, le ministre a parlé le seul langage digne d'un cabinet français, digne du pays qui l'écoutait. Si nous avions supporté ce dernier affront, *il n'y avait plus une femme au monde qui eût accepté le bras d'un Français.* »

Le Figaro. — « Le concours que le Gouvernement peut attendre du pays a été caractérisé par les applaudissements de la Chambre, devant les déclarations de M. de Gramont. La gauche, elle-même, a dû céder devant la libre manifestation de l'opinion publique. »

Le Journal de Paris. — « Si M. de Gramont n'avait pas parlé, on aurait pu croire, à la fois, que toute la politique de la Chambre était dans la résignation et dans l'effacement. »

Le Soir. — « Le premier devoir pour l'opposition en France est *d'être d'accord avec le sentiment populaire.* Tout le monde est pour le cabinet. »

La Presse. — « Nous sommes convaincus que la Prusse cèdera. La victoire morale sera complète. »

Le Gaulois (*Écho des Chambres*). — « Il n'y avait plus de gauche ouverte, il n'y avait plus de droite, il n'y avait plus dans la Chambre que des Français. *Toute la Chambre se lève et bat des mains.* Les tribunes elles-mêmes appuient la manifestation. Les dames agitent leurs mouchoirs. L'émotion est indescriptible. »

L'Univers. — « Cette déclaration était, hier au soir, dans les cercles et dans les lieux publics, l'objet de toutes les conversations..... Le ferme langage du Gouvernement *était unanimement approuvé et même applaudi.* Nos ministres ont été, dans cette circonstance, les *organes contenus de l'opinion publique.* »

L'Opinion nationale. — « En restant sur ce terrain, le Gouvernement peut tenir, comme il l'a tenu, un langage haut et ferme. Il aura toute la France derrière lui. M. de Bismarck passe toutes les bornes. S'il veut conserver la paix, qu'il recule. Quant à nous nous ne le pouvons plus. »

Le Correspondant. — « *Nous sommes de ceux qui applaudissent à la ferme attitude adoptée par le Gouvernement.* Nous sommes soulagés de nous sentir enfin redevenus Français. *Toutes les âmes patriotiques ont salué, comme la Chambre, la déclaration du pouvoir, en y retrouvant avec joie le vieil accent de la fierté nationale.* Si l'on réfléchit que les sentiments, dont l'explosion vient de retentir, étaient comprimés depuis quelques années dans toutes les poitrines, on ne s'étonnera pas que *le Gouvernement lui-même ait cédé à l'entraînement universel.* »

Le Constitutionnel. — « Si, comme tout porte à le croire, le peuple espagnol refusait spontanément le souverain qu'on prétend lui imposer, *nous n'aurions plus rien à* demander au cabinet de Berlin. »

Dépêche de lord Lyons. — « Il y aurait une autre solution de la question, et le duc de Gramont *m'a prié* d'appeler sur ce point l'attention particulière du gouvernement de Sa Majesté. Le prince de Hohenzollern pourrait, de son propre mouvement, abandonner la prétention à la couronne d'Espagne. Une renonciation volontaire du Prince serait, selon M. de Gramont, *une solution heureuse* d'une question difficile et compliquée. *Je prie le gouvernement de Sa Majesté* d'user de toute son influence pour y arriver. »

Le Constitutionnel. — « Le prince de Hohenzollern ne règnera pas en Espagne. *Nous n'en demandons pas davantage, et c'est avec orgueil que nous accueillons cette solution pacifique.* Une grande victoire qui ne coûte pas une larme, pas une goutte de sang. »

La Presse. — « Cette victoire, dont parle le *Constitutionnel*, qui n'a coûté ni une larme, ni une goutte de sang, serait pour nous le prix des humiliations et le dernier des périls. Que la Chambre intervienne donc... *Nous n'avons plus de choix qu'entre l'audace et la honte.* Quel est l'orateur à la tribune ou l'écrivain dans un journal qui conseillerait d'hésiter? »

L'Opinion nationale. — « Depuis hier, toutes les feuilles amies du Gouvernement répètent à l'envi que la paix est faite, que le différend est terminé, qu'il faut se réjouir... Cependant personne ne se réjouit; *l'opinion* est *triste, désappointée, inquiète.* »

Paris-Journal. — « La candidature espagnole était pour le Gouvernement français *une occasion excellente*, et qui ne se retrouverait pas, de rappeler à la Prusse qu'il existe *une France frémissante* depuis Sadowa. »

Le Soir. — « S'il y a une déclaration aujourd'hui, le *Corps législatif croulera sous les applaudissements.* Si la déclaration n'arrive pas, ce sera *plus qu'une déception*, ce sera *un immense éclat de rire*, et le cabinet restera noyé dans son silence. »

Le Gaulois. — « Paris a donné hier, la France donnera aujourd'hui le spectacle d'une grande nation *plongée dans la stupeur* par une nouvelle qu'on salue ordinairement avec des cris de joie. Les *cœurs* sont *serrés*. On est triste et sombre. C'est que les *masses, dix fois plus intelligentes que nos gouvernants*, comprennent avec leur instinct profond, que cette *victoire pacifique* coûtera, par ses conséquences fatales, *plus de sang à la France que des batailles rangées.* »

L'Univers. —.« L'on ne peut nier que l'*opinion soit presque unanime* à réclamer une action énergique... Une guerre avec la Prusse serait populaire en France... L'*opinion publique serait déçue* si l'affaire venait à s'arranger par la diplomatie. »

Le Flgaro. — Le « ministère doit être français et agir en français. D'ailleurs, tandis que les *Prussiens ont intérêt à gagner du temps*, nous avons intérêt à n'en pas perdre. »

Le National. — « C'est une *paix sinistre* que celle dont on parle depuis vingt-quatre heures. »

Lord Lyons *à lord Granville.* — « L'*excitation* du public et l'*irritation* de *l'armée* étaient telles, qu'il devenait douteux que le Gouvernement pût résister au cri poussé pour la guerre, même *s'il était en mesure d'annoncer un succès diplomatique*... on sentait... qu'il serait bien difficile d'arrêter *la colère de la nation*, et l'on pensait généralement que le Gouvernement se sentirait *obligé d'apaiser l'im_patience*, en déclarant formellement *son intention de tirer vengeance* de la conduite de la Prusse. » (Dépêche nº 60.)

M. de Girardin. — « Si la Prusse *refuse de se battre*, nous la contraindrons, *à coups de crosses dans le dos*, de passer le Rhin et de vider la rive gauche. »

La Liberté. — « La France est debout !... La France qui vient de renaître à la liberté, et qui ne saurait mieux célébrer ce réveil admirable qu'en entreprenant, résolue, généreuse et désintéressée, pour l'Europe, pour elle-même, pour *l'Allemagne* enfin, pour tous ceux qu'opprime ou menace l'ambition du vieux Guillaume, la *guerre de l'Indépendance*. *Nous n'avons cessé de demander la guerre...* pour la dignité et l'honneur de la France. »

Le Soir. — « La guerre est déclarée. *Elle était inévitable* depuis huit jours. Elle était prévue depuis quatre ans par les esprits politiques. »

L'Opinion Nationale. — « La France se bat pour le droit et pour l'équité. Et *nous, républicains, démocrates, socialistes*, citoyens de la *patrie idéale*... soutenons-la dans sa lutte. Trêve pour le moment à nos luttes intestines. »

L'Univers. — « La guerre où nous entrons n'est pour la France ni l'œuvre d'un parti, *ni une aventure imposée par le souverain.* La nation s'y donne de plein cœur. »

Le Français. — « Les nouvelles qui arrivent de la province sont excellentes... L'exposé du Gouvernement a provoqué partout les manifestations les plus vives et les plus patriotiques. »

Le Figaro. — « Lisez les journaux de toutes les couleurs, même les plus écarlates... La vérité a une telle force, que tout le monde reconnaît *cet élan incroyable et inouï de la nation...* Dans les villes beaucoup plus anti-plébiscitaires que Lille, à Bordeaux, à Lyon, à Marseille, la population est transportée du même enthousiasme. A Lyon, des démonstrations magnifiques ont eu lieu. A Nantes, il y a eu des violences contre la presse pacifique, on a crié : *A bas le Phare de la Loire!* A Toulouse, la jeunesse des écoles a fait une insurrection. »

Le Soir. — « Ce n'est pas l'empereur Napoléon III qui, de son chef, a déclaré la guerre actuelle. *C'est nous qui lui avons forcé la main.* »

(Rédaction du journal le Soir.)

Dès octochre, **l'Indépendance Belge**, disait :

« On a trouvé des lettres du maréchal Lebœuf prouvant que l'Empereur avait de la répugnance pour la guerre et que M. Ollivier la combattait aussi. »

Que de commentaires à faire par ceux qui liront attentivement les lignes qui précèdent, et dont la véracité ne saurait être contestée.

EXTRAIT D'UNE BROCHURE INTITULÉE :

A CHACUN SA PART DANS NOS DÉSASTRES

SEDAN, SES CAUSES ET SES SUITES

Toute la vérité sur la guerre

« Il faut dire, en peu de mots, toute la vérité sur la guerre et les désastres.

« Après Sadowa, une guerre avec la Prusse parut à tout la monde certaine, et même assez prochaine, puisque son organisation régulière et ancienne lui permet de faire marcher plus d'un million d'hommes enregimentés, exercés, armés, divisés en corps d'armée auxquels rien ne manque, et qui ont leur général en chef au milieu d'eux.

« L'Empereur voulut mettre la France en situation de faire face à ce danger; et il ordonna immédiatement deux mesures, qui furent la transformation du fusil à piston en chassepot, et la réorganisation de l'armée.

« La fabrication du chassepot, qui dépendait de l'Empereur seul, puisqu'il suffisait pour l'entreprendre des ordres du ministre de la guerre, marcha vite. Des marchés considérables furent passés en Angleterre, en Espagne, en Italie, aux États-Unis, et les ateliers de l'Etat furent activés avec la dernière énergie. En 1870, on en avait un million et demi; le Corps législatif avait refusé les crédits nécessaires pour en avoir deux millions, parce qu'il en faut trois par homme.

« Pour l'organisation de l'armée, ce fut bien différent, parce qu'elle dépendait des Chambres, et par conséquent de l'opinion publique.

« L'Empereur proposa d'établir une armée de *douze cents mille hommes*, à l'aide du principe du service obligatoire, et il fit étudier le projet de loi, en 1867, par une commission de maréchaux.

« A cette époque, l'opinion publique, qui n'avait pas subi l'épouvantable leçon de l'invasion, de la défaite et de la perte de deux provinces, était hostile à une organisation militaire, qu'imposait cependant celle des autres pays, et surtout celle de la Prusse.

« On vient de voir quels obstacles les plans de l'Empereur, qui étaient dictés par la prudence et par le patriotisme, rencontrèrent au Corps législatif; l'opposition, affectant de croire que le développement de l'armée ajouterait, selon le mot de M. Jules Simon, à la toute-puissance de l'Empereur, réussit à tourner l'opinion contre une loi qui nous eût donné la victoire, en nous épargnant notre honte et nos désastres.

« M. Thiers, le plus habile des ennemis de l'Empire, parvint à faire croire que l'armée active qu'on avait sur pied *suffirait pour arrêter l'ennemi;* et qu'abritée derrière cette armée, la France aurait *plus de temps qu'il n'en fallait pour organiser les réserves et la garde nationale.*

« On le crut si bien, qu'aux élections de 1869, tous les députés qui avaient voté la garde mobile furent acccusés, dans les réunions électorales, d'avoir voulu enlever les bras aux campagnes, et les candidats de l'opposition s'engagèrent à demander la réduction de l'armée.

« C'est ce qu'ils firent pendant la session de 1870; un régiment de la garde fut licencié, une réduction de *dix mille hommes* sur le contingent annuel fut proposée par la commission du budget; et, un mois avant la guerre, au mois de juin, M. de Choiseul demanda au ministre de la guerre, avec les plus vives instances, de renvoyer par anticipation dans leurs foyers tous les soldats libérables à la fin de l'année.

« Toutes ces illusions, toutes ces folies qui désarmaient la France, étaient devenues l'évangile de l'opinion publique. On vient de lire les discours de M. Magnin, de M. Jules Simon, qui déclaraient l'armée suffisante, et celui dans lequel M. Thiers avait affirmé que les *douze cent mille hommes de la Prusse étaient une* FANTASMAGORIE ET UNE FABLE.

« C'est au milieu de cette fausse sécurité, partagée par la France entière, que la guerre est venue surprendre le pays ; et *seize jours* avant la déclaration, M. Thiers disait encore à la tribune, *qu'on était prêt et qu'on était fort!*

« On a donc fait la guerre subitement, bercé des chimères que l'opposition avait accréditées, non avec les forces que l'Empereur avait proposées, mais avec celles que M. Thiers et ses amis de l'opposition avaient déclaré suffisantes.

« Aujourd'hui, après les terribles leçons de l'expé. rience, on regrette qu'en 1868 l'Empereur n'ait imposé aux Chambres l'organisation militaire qu'il savait indispensable à sa sécurité et au rôle de la France ; mais on oublie les déclamations violentes de la presse de cette époque contre les plans de l'Empereur ; on oublie les pétitions qui se signaient de toutes parts contre la loi ; et ce n'est qu'après l'invasion qu'on a reconnu que l'opinion avait tort et que l'Empereur avait raison.

« A ce premier malheur, résultant d'une erreur générale de l'opinion publique, est venu s'ajouter un second malheur, résultant de la mauvaise organisation, jusqu'alors non inaperçue ou non démontrée, des divers services de l'administration militaire.

« Réduit à une armée de six cent mille hommes sur le pied de guerre, l'Empereur avait demandé à ses ministres de la guerre: — *En combien de temps ils pourraient s'engager à réunir quatre cent mille hommes sur un point donné ?*

« Tous les ministres de la guerre ont *invariablement répondu à l'Empereur qu'ils réuniraient quatre cent mille hommes sur un point donné en quinze jours.*

« C'est sur cette assurance que l'Empereur est parti.

« Il a cru fermement qu'il pourrait concentrer quatre cent mille hommes, en quinze jours, sur son point d'attaque; et il n'en a jamais eu *deux cent cinquante mille sous la main.*

« Là est le point de départ de nos désastres. Si les Allemands avaient trouvé quatre cent mille hommes devant eux, ils ne seraient jamais entrés, ou, du moins, ils auraient été arrêtés dans leur marche.

« Ce serait sortir complétement de la vérité, de dire que l'Empereur a été trahi; mais il est incontestable que sa confiance a été trompée.

« Voilà la vérité sur la guerre et sur ses désastres. »

Toujours la même brochure.

« En résumé, si, après Sedan, la France était restée organisée, unie, forte, les malheurs publics pouvaient être ou limités par la paix, ou réparés par la guerre.

« La Révolution du 4 septembre à tout compromis, en désorganisant le pays, en ôtant à la France ses alliés, en imposant à la nation des sacrifices d'hommes et d'argent, d'autant plus odieux qu'ils étaient sans efficacité; et, par-dessus tout cela, en créant une situation à la fois intolérable et sans issue.

« En effet, ce qui constitue en ce moment la gravité de la situation de la France, c'est encore moins l'immensité des pertes qu'elle a faites en hommes, en territoire et en argent, que le chaos dans lequel elle se trouve plongée.

« La Prusse, en 1807, l'Autriche, en 1809, furent réduites à un état bien pire que le nôtre; mais au plus fort de leurs désastres, la Prusse et l'Autriche conservèrent leur gouvernement régulier; avec leur gouvernement, l'ordre intérieur; et, avec l'ordre intérieur, ces deux États réparèrent leurs pertes et reprirent leur rang légitime en Europe.

« L'histoire et le bon sens se réunissent donc pour conseiller de faire sortir au plus tôt la France de sa situation précaire, qui inquiète les intérêts, qui paralyse les transactions, qui arrête l'essor des activités, et de reconstituer un régime régulier, durable, en appelant la nation entière à se prononcer directement, par voie de plébiscite, sur le genre de gouvernement auquel il lui convient de confier ses destinées.

« Les pouvoirs actuels chargés, de faire la paix et de rétablir l'ordre, ont une mission provisoire, pendant l'accomplissement de laquelle l'opinion publique les a soutenus. Leur rôle est donc terminé, et le moment est venu où la France doit et veut entrer en possession d'elle-même.

« Passé un certain moment, le provisoire changerait de nom, *il s'appellerait usurpation !*

FIN